もう此処の人

赤崎敏子 歌集

Akazaki Toshiko

青磁社

上がりゆく
機窓よのぞむ
雲海に
高千穂の峰
おほひて余る

書　著者

もう此処の人＊目 次

Ⅳ

Ⅴ

赤崎敏子歌集

もう此処の人

I

生家

三河湾を臨める丘に建つ生家昼夜かすかに潮騒とどく

段差ある生家の仏間その段に結界おもひ下段に座る

久久にふるさと訛聞きながら母の法事の末席に座す

建て替へし家にはあれど生家なり九十歳の兄のゐる家

仏壇の前に座りて眼閉づ鮮明に出づる父母のこと

灯明の炎しづかにゆらぎをり祀れる人の呼吸のやうに

七月は父母ともに逝きし月母は父より二十年後

裏山に梟の鳴く大き家どつしり構へ育みくれし

ぼーんぼーん柱時計の鳴る音の五十年経てまだ裡になる

高いなあ天井の木目仰向けに寝転がつて見上げてゐた日

嫁すまでを育みくれたる古き家思ひゐるとき一人の世界

箱膳を六つ並べて食べてゐた父のは白木母は赤塗り

子らの膳淡き塗りなりあちこちに疵がついてた子供のわたし

海

高度下げ機体をかるく揺りながら海引き寄する中部空港

坂道をかけ下りて来た海しづか掌(て)に浜砂をさらさら零す

このあたり浜昼顔の群れゐしにいまは過去形砂のみ残る

一羽づつ海苔粗朶の先に止まりゐてかもめは間をおき語るごと鳴く

水際の小石のかげに身をよせて沙魚の子わづかに尾鰭振るはす

波引ける渚ぷしゆぷしゆ音たてて泡消ゆる砂を素足に歩む

渚ゆくわが足跡を波は消すふるさとより吾が消さるる気分

前浜に沈む夕日を見に行きぬ夫まだ癌を知らざりし日に

打ち寄する波の呼吸が背に伝ふ故郷に帰り砂に寝ぬれば

引く波を砂に踏ん張り耐へてゐる斯うして子蟹は渚にくらす

灯台を見下ろす位置の伊良湖岬万葉の歌碑も海を見て立つ

木下闇に一条射し入る白き陽に照り出でにけり海桐花の丸実

波引きし渚の砂に貝殻は生まれたばかりのやうな艶見す

父母

「ただいま」と帰ればいつも笑顔もて振り向きし母がわが母なりし

すき焼きととろろ汁は父の味幼きころのわが家のならひ

お早うと声かけあへる家族ゐてみそ汁香り母居た厨

パッと開けニコッとしたねお弁当母の玉子焼きまだ覚えてる

感謝とふことを教へてくれた母事ある度にしづかに甦る

逝きてより四十年なる母を呼ぶそこに居るごと声にして呼ぶ

膝に両手突つ張りて背をのばす母満面の笑みいまも戸口に

父母も姉も逝きたる古里に知る人まれなり野いばらは咲く

のうぜんかづら盛りの花の咲き垂るる七月二日は母の命日

遠来の薄塩鮭と聖護院じつくり煮込む母の味する

有り難いと思へることとの嬉しくて父母に感謝のこころ遊ばす

ふるさと訛

ふるさとの訛そのまま声かけてくれたる媼と歩む里道

夕冷えの道すら温しふるさとは訛ゆたかな媼と行けば

ゆつたりと過ぐる時間をいとほしみふるさと訛の座の中にゐる

離り住み七十年になるいまもふるさと訛の消えないわたし

「やっとかめ」秀吉の母がドラマに言ふ古里三河の「お久しぶり」を

「やっとかめだねえー」「まめだったかね」声かけられて帰省実感

友

伊良湖岬にさしばの渡り数ふるとふニュースは吾を若き日に誘ふ

にんまりと声より先に目が笑ひいつものやうに友は近づく

ふるさとの空き地に遊ぶ童らに旧友の面差し写す子のあり

友よりの何年ぶりかの手紙ありまるで茶店のおしやべりのやう

友の輪のなかに入りゐて食べるともしやべるともなく充たされてゐる

このことは誰にも言はぬと堅く決め病む友の苦を心にしまふ

幸うすき友逝きにけりせめてもは晩年の日日安らかと聞く

出席の届けは五人のクラス会中止と決まる八十三歳

独りより群るるが好きと言ふ友とわれも神輿を待つ群れのなか

潮騒に春の気配の混ざるころ友と連れ立ち貝掘りをせし

夫

夫のことまとめた歌集『蒼天』を一周忌に当て出版したり

嬉嬉として魚の標本整理する夫の横顔　春咲きのバラ

誠実に生きたる人の後ろ側幼のやうな無邪気さのあり

整理して残し逝きたる住所録友の多くはわれも知る人

未踏なる鯛科魚類の分散を成し遂げたるは夫が業績

雑魚といふ言葉はあれど雑魚といふさかなはあらず自の名を持てり

集め集め夫が宝のごとく据ゑてゐし魚類学の蔵書今日古書店へ

教へ子に分けて少なくなりし本なれど箱詰めに幾日もかかる

空つぽになりたる本棚並ぶ部屋肯定しつつもぼんやりと立つ

夫の写真いまはすべて遺影なれど見るたび新たな景が加はる

花つけしもぢずり一本残しあり庭草をとる夫のうしろに

生かされて生き継ぎたりと夫云ひき死期近き日に見せたるこころ

あなたとの別れがありてみ仏の教へに逢へり　安穏を知る

あの日日を正しく残し額の中に歳はとらずに今日もゐる人

河川調査

夜来の雨降り止まぬ空見上げつつ河川調査に夫は出でゆく

さらさらと澄みて流るる川の水細菌棲むと検査値示す

汽水域過ぎたる川の調査点あぶくを浮かせ潮満ちてくる

跳んだとて越せざる堰にしきり跳ぶ稚鮎の遡上を人は閉ざせり

この小さき鮎に備はる底力魚道遡るきびしさに遇ふ

川土手の葦は根こそぎ掘り取られ白きブロック陽をはね反す

岸洗ふ水はゆたかに葦群の根方のハゼ・エビ・モロコ育む

葦群は稚魚のゆりかご長き世世生き継ぎたるをブロックは追ふ

ここもまた土手の草草消えゆくかコンクリートを打つ音激し

堤に添ひ今日はひとりで登りけり河川調査に夫と来し坂

魚道とふ人の通れぬ水の坂石組みくづれ魚も通れず

大斗の滝考

しつとりと湿る落ち葉を踏む山路滝の水音に耳傾けて

めざす滝の水音大きくなる坂路口もきかずに息荒く行く

龍神の住むとふ大斗(おせり)の滝に来つ落差七十メートルの白

舞ひ上がり水霧となり降りそそぐベールに曇る滝と真向かふ

再びの大斗の滝に友とをり君在りし日と同じ構図に

龍神に借りたる膳を破損せし伝説いまも村の戒め

村人の円座に入りて飲む龍神そんな日来よと想ふたのしさ

透き通る声に呼ぶ鳥返す鳥幾たびか鳴き遠退きゆけり

細長き枝からめ合ふ広葉樹飛び交ふ小鳥の姿を隠す

幾百年経たる大樹を振り仰ぐ真昼の日射し一筋漏るる

源流を調べる君と耳川の支流を登りし日も晴れてゐつ

水温は十三度五分測定後君と両手を浸けし感触

調査せし耳川の岸に友とをり彼の日のごとく泳ぐ鮎見て

太陽も見通してゐむ水底の小石を覆ふ苔のみどりを

―小石に生ふる苔は鮎の餌になる―

早瀬すぎ収まりし水はゆつたりと夕焼け空を映して流る

きらきらと細波ひかるダム湖面濃き藍色の消えて銀色

あちこちに定家かづらの花残る山里の陽は夏も潤めり

味よりも思ひ出うまし山桑の熟れ実に指を染めながら採る

出来るとか出来ざるとかを迷ふより茅野に咲ける花を見習ふ

待つ人の無き家なれど近道し夕焼け消えたる野なかを急ぐ

老ゆるとふ思ひ避けつつ老いてゆく滝の山より草臥れ戻る

息子二人

いつからぞ息子を見上げて話すのは背丈も頭脳も超され上上

医学博士の号を受くると子の知らせ仏壇の夫にまづは届けむ

十月は朝の星空格別と子は見上げつつ五時の早発ち

朝五時の空いつぱいのかがやきを何にたとへむ星にしか無し

星空を両手に受けて思ひきり吸ひ込みたくなるやうな星空

「見るも聞くも全てカルチャーショックです」桂林よりの子のエアメール

子の新居にまぶしきほどに差す初日吉祥なるよ両手を合はす

子の家の窓より見ゆるスカイツリーてつぺん突き抜け収まりきれず

子の家より自転車とばし見上げたりスカイツリーにクラクラッとす

子の電話たあいなきこと言ひて切る温かきもの吾に残して

用件を言ひたる後に「元気でね」子の一言を思ひゐる夜

霜おけるフロントガラスにかけし湯のまた凍るなか息子発ちゆく

横顔もかがめる腰も父に似る四十半ばを過ぐる息子は

割り出した日の出の位置をたしかめて息子はわれに茜空差す

われのため遠出し入手の花画集子はそを言はず荷に入れくるる

物置にほこりを被る金魚鉢金魚のゐたころ子らの居たころ

II

平泉　花巻

金色堂と墨書太き柱の前旅人われはカメラ意識す

中尊寺・毛越寺など代表的文化遺産がわれを迎へぬ

さまざまに藤原三代生きた跡平成の世の観光に湧く

子の気遣ひ名所・旧跡次々と観光タクシーのガイド付き

落葉樹競ひて芽吹く北上川イギリス海岸見晴らして立つ

賢治の家農学校の庭に建つ例の黒板壁に掛けあり

記念館の花壇に咲ける翁草賢治の早世思ひつつ見る

歩幅詰めわれに合はする息子なり気遣ひ言はず気遣ひくるる

奥入瀬・十和田湖・函館

山霧にうるみて立てる八甲田越え行く山腹紅葉の盛り

奥入瀬に右を見てほら左見て首忙しく廻しゆくなり

時雨降る十和田湖畔に高村の遺作となりし像を見上ぐる

実像と影の二体を向き合はせ智恵子を写す光太郎作

函館山に見下ろす視界漆黒の海ありて映ゆる夜景かな

朝市に毛蟹を食べてほつけ買ふ売り手買ひ手の勢ひのなか

旅を終へ一番良きはと問はれたり七日どの日も一番がある

旅は良しなれど戻りたる吾が家は名所に勝る特上の味

正月の東京

古の御猟場なりし浜離宮正月恒例の放鷹を観る

初に観る放鷹術とふ大鷹の空高く舞ひ鷹匠の手に

福禄寿祀れる百花園を訪ひ七草籠とふ植ゑ込みに遭ふ

木の間より青空透ける鄙の宮さくさくさくさく玉砂利を踏む

地ひびきか竜登る音か神苑の上枝（ほつえ）を渡る風音をきく

掌にちよこんと納まる地蔵さま吾をにんまり見上げてござる

夜来の雨上がりて朝日まぶしきは止まりゐる鳩の白きがゆゑか

橋いくつ潜りて来しや隅田川遊覧船の客となりゐて

日向七福神めぐり

日向（ひむか）の国いるか岬に初日待つ船影もなく平らなる海

日向の国七福神を巡りけりこの地に四十五年目の春

元朝に祝詞(のりと)たまはり次の地の弁財天まで寄り道はせず

大方の七福神は石段の高き御堂にはんなり御座す

急傾斜段差のきつい石段を恵比寿様へと一歩づつ行く

幾歳月産土神をたいせつにまつり伝へ来し日向民人

七福神をめぐり終へ知らざりし伝承文化に思ひ巡らす

信心を持つにあらねど七社寺を息子と共に巡り終へたり

木喰の彫りたる仏像訪ねたり道案内の親切受けて

藪椿咲く坂道を登りゆく牧水ゆかりの鐘のある山

「 」のあるうた

「どうしてるお元気ですか」離れ住む友の声なり受話器に届く

世界記録いくつもなしとげイチローは「もっと野球がうまくなりたい」

アップルの呼び名商標世を風靡なほジョブズ氏は「愚かであれ」と

「南山に鼓を打ち北山に舞う」このスケールに何をや言はむ

「タッチの差」聞きなれたる言葉改めてオリンピックの水泳に見る

暮れてゆく今日出合ひたることばあり「感謝できることの幸せ」

「故郷は遠くにありて思うもの」いま帰り来てあたたかきかな

墓に向き「あなた幸せでしたか」問ひて拝(をろが)み幸せを告ぐ

「いくつから老体と言うのかしらね」八十過ぎのわれらクラス会

定刻に「起きてください」と呼び呉るる携帯電話の目覚し機能

「見舞われる」「襲われる」新聞の豪雨の表現こだはりて読む

「鷹一つ見つけてうれし伊良湖岬」芭蕉句の鷹わが視界にも

小さな雑魚を海に戻しつつ翁言ふ「しっかり大きくなってくれよ」

読み返し読み返してもなほ不可解「味があるね」と誰か言ふ歌

「梅の花は寄りて見るのよ初咲きを」庭梅一輪母を重ぬる

母の言ひし「畳の縁（へり）は踏まないで」踏む縁の無き息子の新居

家内（やぬち）には誰も居ぬことわかつてて必ず「ただいま」と声にして言ふ

新聞に「ちょうどいいくらし」の文字見つけ吾の近頃当てはめてみる

「たのしみます」と言ひつつハードに練習するスポーツ選手の心の表裏

鶴の舞ふ色紙をはづし如月は師の筆跡の「心閑手敏」

重きことも書けば片付け事のやぅ「戦争終結七十年」

「今朝の寒さ角のとれた寒さですね」わたしの心にぴたり納まる

肺癌の夫

喘ぎ喘ぎ必死に呼吸する夫の肺癌はつひに声をも奪ふ

喘ぎ喘ぎやうやく声にせし夫の「すこしねむる」が最期となりぬ

喘ぎ喘ぎやうやく絞り出した声意のくめぬまま夫の最期を

手術後に夫は廊下をゆつくりと点滴連れて歩行してゐつ

持てるものすべて捧げむ受け止めむ終焉間近な夫の傍へに

耳の手術

病める耳騒音に似る音のしてとぎれとぎれに痛みの襲ふ

左耳難聴のわれ聞くときに自然と体を廻して庇ふ

鼓膜とり人工鼓膜に入れ替へるわれの暮らしの枷とるる日か

遠く近くわれを呼ぶ声するやうな麻酔覚めゆくなかに声する

打ち消せど鼓動痛あり耳内に術後三日目不安去らざり

診断

病むといふ言葉にさへも無縁ぞと思ひゐしなり昨日までは

年中の行事のやうな検診に「気管支炎です」ホームドクター

「この音を聞いてみますか」と聴診器渡され呼吸の異常音聴く

病名を言はれてみればいささかの喉のつまりと咳ありし日日

胸まはりの鈍痛手もておさへつつ自分で病名さがしたりして

老い

心淡く師はぽつねんと座してをり吾の呼びかけににつこり笑まふ

おだやかな話の途中唐突に「あなたは誰?」師は眼を凝らす

ひねもすを痴呆の迷路にのみ在らばそれはそれなり救ひもあらむ

門に出で手を振り見送りくるる師に一度だけ応へふり向かず来つ

誰も誰もやがて迎へる老いなのに近づくまでを吾のこととせず

歳だからと萎えてゐたならつぎつぎと沈むよ金魚の粒餌のやうに

歳だからと何の努力もせぬ暮らし老いに甘えて病を招く

歩くこと物をはこんで噛めること感謝のうちと老い三姉妹

身長の四センチ縮む数値出て届かぬ高窓妙に納得

出来ぬこと増えてこの老いどう生きるまだまだ使へる前向きの智恵

老老介護と言はるる年齢(とし)となりたれど介護の用無くされもせぬ日日

老いを老いと受ける心とまだまだと思ふ心が日日同居する

高齢は人に頼る特許ぢゃない心元気に自立をしましょ

見かけより土あたたかし寒明けに素手にて移す撫子の苗

土踏むと体に力が湧くと言ふ翁九十鍬担ぎゆく

不揃ひに生えた春菊移植せり欠席者の席おぎなふやうに

矍鑠とまでゆかずとも日日を充分自活のできるしあはせ

貧困

一切れのパンを受け取りにつこりする裸足の子らの眼かがやく

食べ物を手に入れるため子どもらが兵士になるとふこの世のまこと

物言ふも声にならざりソマリアの母は地に坐し飢うる子を抱く

食乏しく生きゐる子等に足らふ日を願ひてわづかなユニセフ支援

飢ゑに痩せ地に横たふる難民をテレビは数コマの像に消するも

残飯を当然のやうに捨つるくに水を飲むのもむつかしき国

お湯が沸きふつうの暮らしのできる日日黙禱をする原爆記念日

ふつうのことが普通に出来るのがうれしいと被災者の言ふ重たきことば

口蹄疫

牛と豚二十九万頭地に埋める口蹄疫とはかゝう言ふものか

いつもとは異なる声に鳴く牛が針一本にいのちを終へる

殺処分こんな言葉が飛び交ひぬ　いま私には何も出来ない

牛にとて心があると飼ひ主は埋めらるる前の牛を見て言ふ

母と子をせめていつしよに埋めてと口蹄疫牛見送る媼

Ⅲ

空襲明け

空襲の一夜は明けて泣き叫ぶ子を探す親が校庭埋めゐし

空襲明け食糧尽きし寮からの帰省命令　線路を歩く

汽車の来ぬ線路伝ひに三十キロ空襲明けの線路を歩く

空襲後線路伝ひに歩いた日見守るやうな星のまたたき

椎の実を非常袋に入れてゐし戦中派のわが青春の日日

真夏にも防空頭巾を被りゐし綿の入りたる肩までの頭巾

戦時下の機銃掃射の体験を忘れないのに一度も言へず

少女期の一夜に過ぎぬ空襲の体験今も占めて去らざり

終戦

校庭の猛暑のなかに敗戦の詔書知りたる記憶はいまも

敗戦の玉音聞きゐし校庭に蟬鳴きてをり今年のやうに

大本営の発表の勝ちを信じゐて突然敗戦を知らされし青春

電灯の黒き覆ひも今夜から取つていいのよ　明るくまぶし

学生生活

ノート無く酒屋の帳簿の裏使ひ授業のメモせし学生時代

校庭に作りし野菜が寮生のひもじきなかの三度の食材

汁の量ますます増えて米粒なし学生寮のなつぱ雑炊

夕食はじやがいも二つ食堂を出てすぐ友と「おなかすいたね」

大豆を煎り寮に戻る日につこりと荷に入れ呉れたる母想ふいま

ひもじくも笑ひ合ひ助け合ひたる友情の絆いまも堅かり

終戦か敗戦かよりわれら乙女髪の長さの自由よろこぶ

大型の爆弾炸裂せし跡の擂り鉢状の大穴忘れず

こころの色

止んでゐるさう思ひつつ見る外はまだ止まないよと言ふやうな雨

雨後の庭いまだ滴の垂れ止まず飛び立てぬ蝶葉裏に下がる

花かげに一夜の宿をとりたるや黄蝶ふはりとねむたげに舞ふ

台風に引き裂かれたる枝にある破れ葉の裏に下がりゐる蝶

抜くつもりなき人参まで連れて抜け絡み合ふ葉がむりむり切れる

末枯れゆく胡瓜の蔓に雌花見ゆ実の育つまで枯れるな胡瓜

野分受け倒れしコスモス何事もなかつたやうに立ちて咲き継ぐ

踏みしだかれ踏みしだかれた道芝に芽立ちを見たり其処よけて行く

立ち枯れし茎に下がれるほほづきの大き袋に赤き実の透く

歳月かけ踏み締められた登山道わが一歩をも受けて音たつ

岩の間をとろんとろんと抜ける水岩に弾けてまた岩の間へ

落下しざま岩に跳ね散る玉飛沫この景見たさに谷沿ひを来し

浜の石拾ひ両手に撫でてみる波にゆだねた素直な丸み

軽妙なる技巧凝らした歌並び作者のすがたどこにも見えず

露地庭の木の精しづかお茶席へむかふ客人衣擦れの音

たち初むる松風のほか音の無き茶席に友の和めるすがた

教師吾が生き過ぎたるか若き日の教へ子の訃報つづけて二つ

許されし鎖の長さひきずりて隣家の犬に夏の日長し

外気温三十八度の正午過ぎ黒揚羽ゆつたり庭をよこぎる

大声をかけ合ひ子らは草原を夕焼け色の風と駆け行く

街角に今ををかしく屯在する戦禍も飢ゑも知らぬ若者

「金があれば友達だって買える」あつけらかんと若者真顔

急ぎ行く前をふうはり舞ふ蝶のわれに遊びのこころを知らす

ショベルカーの掬ひ落とせる土塊に無事なりし蛙きよとんと坐る

湯の落つる他に音なき山の宿夜更けにひとり湯に身をまかす

旅の心酒の心に酔ふ心山紫の宿の湯のこころかな

Ⅳ

里山椿

幾歳月この地に在りしか幹白き椿の一樹雑木のなかに

椿の花一面となれと牧水の詠みたる紅花絵のごとく在る

藪椿黒土の上に傾きて黄のしべ見ゆる角度に転ぶ

やぶつばき己の意志か引力かぽとりと落ちてなほ紅の冴ゆ

落椿をこぼれ椿と呼んでみる木よりあふれてこぼれたる花

埴輪の手に誰が抱かせたる紅椿園を行き交ふ人みな笑顔

山茶花のはなびらの端にぽとり落つ花のかたちのままなる椿

山野草

茜空うすれゆく野をひとり来て待宵草の開花に出会ふ

おほいぬのふぐりの花弁四枚は色もかたちもそれぞれ違ふ

ぜんまいははづかしさうに拳上げいまだ産毛を茎元に持つ

畦を這ひ三センチほど伸び上がりさぎごけの花は畦に色点（さ）す

先人が彼岸仏の供養かと詠みたる曼珠沙華棚田の畔に

匍ふ蔓に花の順ありはまひるがほ明日咲く蕾に陽炎ゆらぐ

小さき花とみどり一葉のすみれ草石の割れ目に命をつなぐ

湿原を歩みゆくこと小半時泥炭の辺に鷺草の白

おほかたは人目にふれず散りゆくかひかげつつじの淡き黄の花

長々とくらりんだうは白く咲き散り果てたるは小雪（せうせつ）の朝

真ん丸の団結くづし風に飛ぶ着地選べぬたんぽぽの種子

名を知りてまた会ひに行くその花のある森めざし砂利道進む

どの花もあるがままなる姿もてそれぞれの場を満たしただ咲く

渓流を見下ろす位置の岩に生ふる日向あぢさゐ垂れて咲き継ぐ

いま摘みし野紺菊らし露のまま小壷に生けて振り向く少女

野に山に小さく生きゐる草花を助けずともよし見守ればよし

実の落ちて花穂つんつん立つ野道周りはすべてこがらし茶色

実の落ちる場所は任せて犬の毛に付きて運ばるる熟れた葈耳(をなもみ)

野焼き

田の畔を走り行く野火意志持つか衰へ見せてまた勢ひ立つ

畔に添ひ舐めるごとくに焼きゆきてひとりで角を曲がりて燃ゆる

凪の日に火をつけてゆき野焼きする火は風を生み炎勢ふ

投げられたかたちのままのジュース缶焦げ目つきをり野焼きの土手に

夕暮れてモノクロームに移りゆく遠山裾に野焼きの煙

野焼きせる煙ただよふ遠景色焦げたる匂ひのわづかに届く

田の畔をぱちぱち延びゆく野焼き火の小さき炎は春告ぐる色

樹木

甑岳の優占種たる栂と樅国の指定の針葉樹林

時雨止み椎の林を風渡る波のうねりのやうに揺らして

大枇杷の黒実の上をアキアカネ小群れて行きてまた戻りくる

大枇杷の枝太く張り競ひ立つ熟れたる大き実舗装路に落つ

朝凪に花びら一つまた一つすーと散るは花の意志かも

夕暮れて木木の色の消ゆるころ遠山裾に花明かりひとつ

遠見する椎の梢はゆさゆさと風の幅だけ葉裏を反す

梛並木自転車道に熟れ実落ち走るタイヤがぷちぷち砕く

歩いたと言ふほど歩かず神苑に踏み入るる距離八十葉（やそば）なす木樹

葉の陰に白き小花の並び咲く柊にさす冬陽はしづか

合歓の木は早寝するなり大き葉を日没前にしづかに閉ざす

新芽出づるまでは古葉は散らぬなり茶色かさかさ律儀な柏

この匂ひ何だらうかと自転車下りる木塀の中のきんかんの花

眼に残る

晴天のつづく朝（あした）に庭竹は葉先葉先に露の玉透く

花幾種一度に咲きて重なれり高きも低きもみな天を向き

四日ぶり日の差す午後に外出す雨上がりに出るわれも竹の子

眼も口もぽつとひらきて手をかざす埴輪が踊るはにわの園に

色淡く水と絵の具のバランスを間違へたやうな畔の野紺菊

透明なるシラス一匹ぴくぴくと骨とはらわた見せつつ泳ぐ

蹴る所作をしたのにボールは目の前にころりと残る三歳わらべ

窓にさす光にうごめく埃見ゆリズムダンスの休息時間

一筆の仮名草書のやうに濃く薄く闇を点して空舞ふ蛍

あぢさゐの花びらの数象りて「よひら」とふ名の和菓子誕生

つらいから続けられるか若者よぐつしより汗かき朝朝走る

草原を一筋の水流れをり水湧き出づる森は裸木

太古より此処にかうして在る錯覚鬼バスの葉の棘と皺しわ

作麼生(そもさん)と言はむばかりの風情して岩の上にゐる石亀の首

右肩をぎゆつと傾け石飛ばす石は水面をぴつぴつと走る

梅雨明けの光あつめて藍ふかくわれ朝顔ぞと言ふ顔に咲く

V

わたくし

帰宅する車の音と人の声待つ人のなき吾にも日暮れ

ありつたけの力を出すといふことを長くせぬまま今年も半ば

世の人は立てた予定をこなすのか吾の予定は未定に近い

今日為しし仕事あれこれ数へあぐそれだけなのにとてもハッピー

物多く探す品物見あたらずさりとて捨つる品定まらず

降らないとかつてに決めて外に干し留守したる間にシーツびしよ濡れ

バスを待つ時間は無駄か尊きか居合はす友と尽きぬおしやべり

日和下駄爪皮付けたるままに在り再び履くことなけれど捨てず

五月の陽まぶしきほどに差す菜園握る土塊いまだひんやり

墓内に眠れる人より安らぎを受けて蜻蛉のとぶ道帰る

ゆく秋の今朝の気温は昨日より大きく下がりセーター探す

日に一首詠むとふ枷をかけてより守りつづけて幾年か経ぬ

歌評受く吾の気づかぬ指摘あり思惟（しゆい）の幅が一つ広がる

仏像は母のお顔のやうに笑む見上げてわれはただ座るなり

家内(やぬち)なるすべてが吾の一人占めタンスの中に吊す服まで

何事もわれより確となす子にまだあれこれと今日も口出す

一足だけ五ミリ大きい靴がある真冬の分厚い靴下のため

誕生日四月四日をわが父は始終佳き日と語呂合はせ呉る

里芋の葉の露集め墨をすり星に願ひを書きし日のあり

もう寝よう起きゐて独り何とせむ書かねばならぬ手紙も止めて

朝の目覚め普通のやうで尊きよいつかはひとり眠れるままの

一世とはささやかごとの積み重ね牛蒡のささがききんぴらにする

ぼそぼそと独りの朝餉お茶かけて噛む浅漬けは元気になれる

家事雑事うつかり忘れ多くなる困るけれども救ひともなる

ゐのぐの香・茶の香・墨の香消えゆきぬ学ぶ心の遠退くか吾

詠み継ぎしうたを出版すると決め短歌にやさしくなつたわたくし

つつがなく迎へたる朝病む姑(はは)にあたたかき粥ほどよくよそふ

感じとり詠み継ぐとふはこのことか花は黙つて道端に咲く

わたくしに選ばれた歌のみが載る歌集編むのも功罪のあり

日日の景

わが先を歩きたる人の足跡なし雨後の神苑砂利真っ平ら

雨しとど風は戸を打ち外いまだ真暗き刻に新聞届く

気がかりな用事為し終へほつとする何故肩の荷がおりたといふの

埴輪園見巡るうちに吾の邪心抜けて埴輪の口へ消え入る

温室に昼の色した灯が点り電照菊は育ちゆくなり

小半日冬陽に当てたる白菜のしんなりとして漬け器になじむ

夕刻に今日はじめての訪問者地獲れの鰺を買はぬかといふ

顔崩れ肩に苔置く野仏に呼び止められて御前にしやがむ

側溝に軽き音たてゆく水は田植の始まる田に分かれ入る

和と洋の間(あはひ)を飛ぶと云ひし人稲田の上のとんぼ見てゐる

いま言ひてまた繰り返す姉となる何度でも聞く受話器を通し

早春に固き大地を割りて出る孟宗竹のやはき先端

洗槽に回転の音水の音流れ出てゆく昨日のよごれ

褪せるほど洗ひ洗ひて一入のやはらかさなり木綿のパジャマ

この場所に昨日もゐたよかたつむり辿りし跡のしろしろ乾く

蟻が湧く水の湧くごと蟻の湧く庭の花鉢除きし地より

蝶舞はず花もぐつたり炎天に大き荷を負ひ蟻急ぎゆく

乾風が窓を鳴らして過ぎてゆく二杯目の紅茶また空(から)になる

健康に動き回れるしあはせを何にともなく今日も感謝す

生き足りず生くるにあらぬ八十五生死無常のなかに生きゐる

このところ減りゆくものに縁側や植ゑ込みの庭暮らしのゆとり

掃除終へ庭の花より選り採りて見慣れた壺に見慣れたる花

さくさくと米を磨ぎをり一人分御飯になるのはあしたの朝餉

一夏をベランダに履きて色褪せしスリッパをまた洗ひて仕舞ふ

小窓よりはみ出した月渡りゆき空あるのみのいつもの小窓

松が上を渡り行く月見上げをり鼓動の聞こゆるやうな縁先

秋の来る道があるなら出口にて待たむと思ふ九月の猛暑

月光の冴ゆる長月夜の道わが影くつきり黒衣をまとふ

野づら石積み上げられたる石垣の穴に蟹の子入りてまた出る

溜め池の土手のすすき穂けむり色分け入るときに顔を擽る

水の面はぴたりと止まる湾処にも底のくぼみに水動くみち

幼き日聞きしがごとく聞こえくる「五郎助奉公」他に音なし

自転車

朝凪に風を生みつつ漕ぎ出す自転車に知る今日の体調

突風が自転車を止める下りて引くそれでも止まる射るな砂粒

脚力と真向かふ風の勝負ぞと八十五歳が自転車を漕ぐ

自転車に吹き寄る強風角度よくペダル踏まずにすいすい進む

自転車の前籠カバー買うてきて覆へばよその自転車のやう

追ひ風に自転車押され長坂を今日はらくらく一気に登る

寒風に真向かふ道は上り坂背を丸くして自転車を漕ぐ

自転車を引つ張つてゆく登り坂道端にずらり犬のふぐり咲く

向かひくる風あれどそをたのしまむ少し余裕の電動自転車

ひとりでは立つことも出来ぬ自転車をわれは毎日乗つて走らす

飲食(おんじき)

ひとりゆゑ一人分なる朝食を並べて見たが何かが足りぬ

ピーピーと湯の沸きたるを知らす音ポットに満たす吾が一日分

透明がじゆうと音たて白くなる朝の厨の卵の変化(へんげ)

筋を取り酒を振りかけ寝かせおく笹身は夕餉の蒸し鶏となる

ワインなら辛口の赤とロゼがいい好みはもとより冷やの日本酒

冷酒にも白磁がいいと酌みてゐた夫為しし真似今宵はひとり

好みたる人は逝けども鰆焼きさくら模様の角皿に盛る

好みたる夫想ひつつ乾し梭魚焼きてカボスをきゆつと絞りぬ

ビーフシチュー丹念につくり客用の器によそふひとりの夕餉

栗ご飯大きな半篦(はんぺ)にたつぷりとつくることなどもう来ない秋

柚子五つ薄く刻んだ蜂蜜漬香りのなかに母のまぼろし

猛暑とて炊きたて飯のほわほわに梅干しのせれば暑気は逃げ出す

普通なり当たり前なりいつもなりひとりの食卓箸は一膳

うから集ひ高千穂峡の滝近く竹に流るるそうめん啜る

里芋の煮つころがしが匂ひくる夕べの路地に子供らはしやぐ

冷汁に青紫蘇こそは必需品バッタの残しし葉を刻むなり

茹で玉子今朝はつるりと剝けたので白身とおなじに気持ちもつるり

先達にふれ

出合ひたる書道と詩吟時を経て七言絶句に癒されてをり

吟詠の「青葉の笛」に浮かびくる吹かぬ笛きく芭蕉の名句

多彩なる渡辺崋山の遺業見に帰省時に訪ふ田原博物館

弾けたる柘榴ついばむ鳥の絵も渡辺崋山の花鳥十二図

浮世絵に季節見つけて北斎の「河骨に鶺図」を皐月に掛ける

半年も推敲重ね教科書の短文書きしと司馬遼太郎

描かれた秋草ながら吹く風にそよぐがごとし抱一の絵は

―酒井抱一・江戸風琳派―

大き月と幾万の花を咲かしめる加山又造の描く夜桜

菩提寺の法話のなかに懐かしき金子みすゞの詩歌とあへり

どの命もわたしと同じと思ひやる金子みすゞの心は仏

フェルメールと聞くだけでよしどの絵とてフェルメール好きと言ふ人も好き

葉脈にいのち描きし神沢利子ゑほんの郷の絵の原画展

初に訪ふ書の美術館に中国と日本の隷書の美しさ観る

ゆたかなり

後向きに進むボートを岸に追ふ漕ぎゆく人とずつと向き合ひ

遠ざかる後ろ姿に立つオーラ見送りし彼の思ひ出いまも

慕ひつつ吾は言葉にせざりしを彼はずばりと心を奪ふ

過ぎ行きを素直に受けてゆたかなり墓参にゆかむ庭の花持ち

お前より先に死ぬるは幸せと云ひたる夫の歳を十越ゆ

癌の夫を充分看取り逝かしめていま尚一番近く在る人

呼んだとて届くことなき死者のくになのにあなたが一番近い

どの部屋に入りても人気なき家内夫逝き子等も発ちて跡のみ

新築の子の家に在り囲まれてひとときは早く可惜夜（あたらよ）は過ぐ
今日もまた出会ひをいくつ重ねしや受くる幸せゆづる幸せ

思ひ出いくつ

どれほどの感謝を人にかへせるかさまざま越えて安穏なるいま

千代紙を取り出す八月鎮魂の祈りをこめて折り鶴にする

「魚に学ぶ」と言ひたる夫の魚類学五十余年の業績残る

藍染めの皿に残れる白き骨魚の形に魚食みし人

粗を炊き骨につきたる身もしやぶり魚のいのちすべて戴く

魚に学び生かされた世ぞと笑む人に香も音もなく病魔の巣くふ

残りたる資料を芥のごとく捨つ夫の学究知るわれの手に

上がりゆく機窓にのぞむ雲海は高千穂の峰覆ひて余る

粟粒の半分ほどの何か踏む足裏はそのわづかを拒む

ゆつたりと冬至の柚子が湯に泳ぎ胸のくぼみにをさまり匂ふ

あしたにも干上がりさうな沼の辺に蝌蚪ら生きをり頭を寄せ合ひて

疎林透き白く降りきて月光は山路に小石のかげを生み出づ

草なかに沈み込みたる地蔵さま崩れし目鼻に両手を合はす

難渋も途上の襞とし老いてゆく老いながら世の深さを知りて

振り返りよき一世なりと思ふとき選ばれ選びし人をまた恋ふ

幸せはささやかなるが極上と言ひたる母の墓に香焚く

墓参終へ帰らむとする自転車に蝶止まりをり飛び立つを待つ

決めるのは大方おのれの心なりこころ培へと父は言ひゐし

父母の愛たつぷり受けて育ちたる記憶はわれを今なほ支ふ

良し悪しの襞折りまぜて歳重ね感謝の襞をもう一つ折る

ふるさとの三河に二十年日向(ひむか)には五十年住むもう此処の人

跋文

伊藤一彦

宮崎市内の或るカルチャーセンターで私は月に一回の短歌鑑賞講座をおこなっている。夜の七時からなので、受講生は仕事も食事もそそくさと終えての出席なのでたいへんである。そんな夜の講座に熱心に出席しているのが、本書の著者の赤崎敏子さんである。たしか八十代半ばのはずである。

この講座は実作指導はおこなわない。したがって、赤崎さんの日ごろの作品について詳しくは知らないのだが、このたび歌集を出したいとお聞きし、縁あって跋文を記すことになった。

現在は宮崎市に住む赤崎さんの故郷は愛知県である。歌集冒頭に「生家」の一連がある。

三河湾を臨める丘に建つ生家昼夜かすかに潮騒とどく
裏山に梟の鳴く大き家どつしり構へ育みくれし
箱膳を六つ並べて食べてゐた父のは白木母は赤塗り
ぼーんぼーん柱時計の鳴る音の五十年経てまだ裡になる

生家をなつかしむ気持が伝わってくる作である。この「生家」の一連が冒頭に置かれているところに赤崎さんの心が見てとれる。

すき焼きととろろ汁は父の味幼きころのわが家のならひ
遠来の薄塩鮭と聖護院じつくり煮込む母の味する

その後の「父母」の一連にはこんな歌が並んでいる。よき両親のもとで幸福に育った赤崎さんなのである。
結婚も幸福だったが、学者であった夫を喪うという不幸に遭ったのは今から十七年前という。この歌集は十七回忌を記念しての出版とのことである。

未踏なる鯛科魚類の分散を成し遂げたるは夫が業績
「魚に学ぶ」と言ひたる夫の魚類学五十余年の業績残る
魚に学び生かされた世ぞと笑む人に香も音もなく病魔の巣くふ
残りたる資料を芥のごとく捨つ夫の学究知るわれの手に

夫を恋い偲ぶ作を引いた。四首目はことに心に残る。結句に思いがこもっている。

今は一人暮らしなのであろう。その一人暮らしの歌も大切な題材になっている。

家内（やぬち）なるすべてが吾の一人占めタンスの中に吊す服まで
もう寝よう起きゐて独り何とせむ書かねばならぬ手紙も止めて
一世とはささやかごとの積み重ね牛蒡のささがききんぴらにする
生き足りず生くるにあらぬ八十五生死無常のなかに生きゐる

静かな歌いぶりの奥に強い意志力が感じられる。三首目に「一世とはささやかごとの積み重ね」の表現がある。重たい内容をさりげなく言った印象に残る言葉だが、この上の句をうけた下の句がまた淡々としていていい。赤崎さんらしさの出た歌ではあるまいか。

赤崎さんが自分自身や家族を歌った作ばかり引いたが、「貧困」と題した一連には次のような作がある。

一切れのパンを受け取りにつこりする裸足の子らの眼かがやく
食べ物を手に入れるため子どもらが兵士になるとふこの世のまこと

物言ふも声にならざりソマリアの母は地に坐し飢うる子を抱く

赤崎さんの視野は広い。みずから子どもを育てた母親の思いが重なっている。また、戦中の体験もこれらの歌の背後にはあるはずである。

ふるさとの三河に二十年日向(ひむか)には五十年住むもう此処の人

歌集の掉尾を飾っている表題作である。「もう此処の人」のさらなる覚悟で宮崎において歌い続けられることを願っている。

あとがき

昭和六十年に全国処処に支部をもつ「歌と評論社」に入会しましたので、それから数えても私の短歌とのかかわりは、かなりの歳月になります。

その間、平成十一年に「夫に関わる短歌」のみを集めて、癌にて往生した夫への追善のつもりで、風変わりとも言える第一歌集を出版しました。

所属していた短歌会の、叢書ナンバーも辞退し、歌集と言うより夫との歳月の記録を残すつもりで本のかたちにしたようなものでした。

今年は、夫の十七回忌でもあり、詠み貯めた歌の中から、今度は私の今日までの、短歌に関わるものを全て、あれもこれも盛り沢山に編み込み、第一歌集のようで実は二番目の「赤崎敏子歌集」を出版することに致しました。

私が「短歌を詠む」と言うことを知ったのは、師範学校在学中に或る先生から「あなた、短歌をしてみない？」と声をかけていただき手ほどきを受けたのが最初でした。その後長い間短歌を忘れたような生活でしたが、いつからとなく再開し詠み始めておりました。

そして今、ひとり暮らしになり十七年。八十五歳になる私にとって、短歌は日日の拠りどころです。本歌集に入れました一首、

夫のことまとめた歌集『蒼天』を一周忌に当て出版したり

のように、先回の出版は「夫への感謝」であり、今回は毎日を豊かにしてくれる「短歌への感謝」とでも言えましょうか。幸せ多い過ぎ行きでした。

今、改めて最初の恩師のことばを思い出しております。

「見たままを詠むのでないの、短歌はね、感じたままを素直に詠むの」

そのときは気づかなかったのですが、先生のこのお言葉はそのまま一首の短歌の形になっております。そして、私が先生より譲りうけた作歌のこころです。また、今日まで細細ながら短歌を詠み続けることが出来ましたのは、まわりの皆様が私の、うたの

こころを、お読み取りくださりご指導いただいたお陰と感謝しております。

すでにお世話になった先生方や、歌友、知人の多くが御存命でないことは、誠に寂しい限りです。

八十五歳となる今年、こうして、来し方を思い出しつつ、折節のことがらを、自分史のように、短歌のかたちでまとめ、上梓できることを幸せに思います。

今後も健康な日暮らしに感謝しつつ、今まで通りさまざまな機会をとらえ、ご指導を受けながら皆様との温かいつながりを大切にして、私なりの勉強を続けるつもりです。

そして、平明な表現で声調を重んじ、一首一首、温もりのある歌を詠み継ぐことが出来ればと思っております。

なお、本歌集の掲載歌は制作年順ではなく、さまざまな事柄を項目別にまとめました。

また、今回の出版にあたり、青磁社にお世話になると決めたのは、河野裕子先生に長年お世話になりましたことと、青磁社出版の「牧水賞の歌人たちシリーズ」を全巻予約購読していることなどからです。更に伊藤一彦先生から青磁社の永田淳様にお声をかけていただいたことは有り難いことでした。
特に伊藤一彦先生には、今年は牧水生誕百三十年などにて超御多忙のなか、本書に過分なる跋文を賜りましたこと、誠に有り難く心より厚く御礼申し上げます。
出版に当たり、快くお受けいただき、すべての労をおとりいただいた、青磁社の永田淳様はじめ関係者、そのほか、多くのみなさまにお礼申し上げます。
お陰で歌集『もう此処の人』を出版することが出来ました。
本歌集のタイトルは、最後の掲載歌、

ふるさとの三河に二十年日向(ひむか)には五十年住むもう此処の人

からとりました。此処、日向は息子二人の故郷です。
末筆ながら改めて、お世話になりました皆様に厚く御礼申し上げます。

平成二十七年十一月

赤崎　敏子

歌集　もう此処の人

初版発行日　二〇一五年十二月二十三日

著　者　赤崎敏子
宮崎市下北方町牟夕田一一五八―三（〒八八〇―〇〇三五）

定　価　二五〇〇円

発行者　永田　淳

発行所　青磁社
京都市北区上賀茂豊田町四〇―一（〒六〇三―八〇四五）
電話　〇七五―七〇五―二八三八
振替　〇〇九四〇―二―一二四二二四
http://www3.osk.3web.ne.jp/~seijisya/

装　幀　加藤恒彦

印刷・製本　創栄図書印刷

ISBN978-4-86198-324-5 C0092 ¥2500E